# EXAMEN CRITIQUE

# D'OLGA,

ou

## L'ORPHELINE MOSCOVITE.

# EXAMEN CRITIQUE

## D'OLGA,

OU

## L'ORPHELINE MOSCOVITE,

TRAGÉDIE EN CINQ ACTES ET EN VERS;

ET

## RÉSUMÉ DES DÉBATS

### ENTRE LE CLASSIQUE ET LE ROMANTIQUE.

## PAR C. FARCY.

PRIX : 1 F. 50 C.

## PARIS,

CHEZ M. LIORÉ, LIBRAIRE-ÉDITEUR,
Rue Neuve-de-Luxembourg, N° 6.

SEPTEMBRE 1828.

# EXAMEN CRITIQUE
# D'OLGA,

ou

## L'ORPHELINE MOSCOVITE.

J'ai assisté à la première représentation de la tragédie d'*Olga*, donnée par la Comédie Française le 15 septembre 1828; j'ai entendu les applaudissemens du parterre, et j'ai éprouvé une sorte d'indignation en voyant ainsi profaner le premier théâtre du monde.

J'ai vu ensuite les éloges donnés par certains journaux à l'auteur de cette tragédie prétendue romantique; j'ai vu le Journal des Débats, si longtems célèbre par les saines doctrines littéraires que la France y pouvait puiser chaque jour, abandonner la route qu'il avait jadis si fermement tracée en fait de critique théâtrale, et traiter avec hésitation et ménagemens (article du 17 septembre) une œuvre bâtarde, propre à corrompre le goût et à renverser notre littérature déjà chancelante.

Toutefois, je me suis méfié de mon premier jugement, ébranlé par ce concert de félicitations, et j'ai résolu d'attendre que la pièce fût imprimée, me promettant, si la lecture de cet ouvrage ne changeait pas mon opinion, d'en publier une critique aussi détaillée que consciencieuse, pour essayer de ramener au bon sens la partie applaudissante du public, et payer ainsi ma dette aux grands hommes qui ont illustré la scène française et formé le goût de la nation.

J'ai donc lu *Olga*, et cette épreuve n'a fait que me fortifier dans ma résolution.

Mais, avant tout, je dois déclarer que jamais je n'ai fait ni essayé de faire une tragédie, afin qu'on ne puisse me soupçonner d'être mu par une jalousie de métier. Je dois le dire aussi, je n'ai vu de ma vie M. Ancelot, que du reste je tiendrais à honneur de connaître, bien qu'il ait fait *Olga*.

Mes lecteurs auront donc la certitude, et cela n'est pas sans importance, que, dans la critique où je m'engage, je suis personnellement désintéressé.

Plusieurs personnes, informées de mon projet, m'ont représenté que c'était prendre une peine presque inutile; que l'attrait de la nouveauté pouvait seul agir en faveur de l'ouvrage dont il s'agit; que le zèle se refroidirait promptement, et que la pièce tomberait bien toute seule.

Malheureusement, je n'ai pas tout-à-fait si bonne opinion du goût actuel, et cette prédiction dût-elle être exactement accomplie, je n'en persisterais pas moins à faire une critique sévère d'*Olga*. Si cette œuvre dramatique, non destinée à la représentation, eût été seulement imprimée pour le plaisir du lecteur bénévole, ou si encore elle eût paru comme essai sur un théâtre secondaire, peut-être aurait-il été bon de la laisser passer sans bruit; mais, se présenter ainsi faite au Théâtre-Français! le cas est trop grave. *Olga* a mérité qu'on la soumette à un jugement rigoureux, qu'on ne lui passe rien, et qu'on lui fasse sentir le nombre et l'énormité de ses fautes; c'est ce que j'aurai le courage d'entreprendre, ne fût-ce que pour l'exemple, et pour détourner, s'il est possible, d'imprudens imitateurs de se jeter dans la voie tentée par M. Ancelot.

Qu'on ne s'attende pas que j'essaie de rendre cet examen plus piquant par des détails personnels, par des particularités sur les coteries, sur les intrigues par lesquelles on réussit ordinairement à se faire prôner, recevoir, jouer de préférence à ses rivaux; je ne sais rien de tout cela et ne veux pas même savoir si *Olga* a obtenu un tour de faveur; je ne vois ici que l'intérêt de l'art, et je prends la pièce telle qu'elle est, abstraction faite de tout le reste, si ce n'est des modèles que son auteur a eu tort de perdre de vue. Ce n'est pas qu'elle ne renferme des preuves de talent, et même des beautés; je me hâte d'en convenir; mais il faut avouer aussi qu'elles y sont trop rares.

Je me suis demandé plusieurs fois si la tâche n'était pas bien délicate, et si, malgré mon désir sincère d'éviter même l'apparence d'une personnalité, une critique de ce genre ne semblerait pas une attaque trop directe contre l'auteur de *Louis IX;* mais la réflexion a détruit mes scrupules à cet égard, et je suis convaincu qu'on ne pourra voir, dans cet écrit, autre chose que l'exercice très légitime du droit que chacun a de critiquer littérairement une œuvre littéraire. Au surplus, la réputation que M. Ancelot s'est antérieurement acquise est au-dessus des atteintes que mes critiques sur son dernier ouvrage pourraient lui porter; et d'ailleurs, malgré le zèle qui m'anime pour la gloire de la scène française, j'espère ne sortir en aucun cas de la ligne des convenances.

# LE CLASSIQUE ET LE ROMANTIQUE.

En entreprenant l'examen d'une tragédie dans laquelle l'auteur a violé de propos délibéré toutes les règles observées dans les chefs-d'œuvre de notre théâtre, je n'irai pas, d'un ton pédantesque, rappeler ces règles que M. Ancelot connaît mieux que moi. Il répondrait sans doute qu'il a voulu tout exprès s'en affranchir, et, aux yeux des gens superficiels, le procès serait fini.

Ce n'est donc pas à l'ignorance qu'il faut ici s'en prendre, mais à la révolte; et le moyen de la combattre avec avantage, c'est d'attaquer les mauvaises théories que les novateurs cherchent à faire prévaloir aujourd'hui, plutôt que l'application qui vient d'en être faite dans la pièce dont il s'agit.

Reproduire les argumens déjà employés en faveur des auteurs classiques, contre ceux qui s'intitulent romantiques, et prouver de rechef que dans les ouvrages des premiers, seulement, peut se trouver le vrai beau, ce serait une tâche aisée mais inutile; on ne ramènerait personne, et les romantiques répondraient par leur adage favori « que, dans les arts, tout ce qui est vrai est beau, et qu'il suffit qu'une chose soit naturelle pour qu'elle soit bonne à représenter. » Avec une telle réponse, la partie peu difficile du public se tiendrait pour satisfaite, et demeurerait convaincue que les grossières facéties du fossoyeur d'Hamlet sont d'aussi belles choses que les pensées profondes et terribles du célèbre monologue.

C'est avec une autre arme qu'il faut attaquer les romantiques, et dont on n'a pas encore pensé à se servir contre eux. Il ne faut plus entreprendre de leur prouver qu'en s'affranchissant des règles ils ne peuvent produire rien de beau; il faut leur démontrer, en admettant qu'ils aient fait du beau à leur manière, que ce beau leur a coûté peu de peine; il faut les forcer de convenir que c'est la paresse d'esprit et l'impuissance de talent qui les portent à chercher une route plus aisée, et non pas un prétendu génie qui les force à quitter le sentier difficile qui mène à la perfection, pour courir à l'aventure aprés des beautés qu'ils rencontrent fort rarement, et qui se trouvent toujours, dans leurs compositions, en fort mauvaise compagnie. Je le répète, c'est l'impuissance, et non la force, qui conduit les romantiques à rejeter les règles fidèlement observées par les maîtres de l'art. La seule chose vraie dans leur système, c'est que cela est plus commode. Mais, Messieurs, on ne va point commodément à la gloire; et, lorsque vous prétendez (pour ne point sortir du sujet qui nous occupe) arriver par une nouvelle voie, libre de toute entrave, au trône occupé par les immortels auteurs de Cinna, d'Athalie et de Mérope, vous montrez une prétention ridicule, et vous excitez le rire des gens de goût. C'est par l'arme du ridicule, si puissante en France, que je voudrais voir désormais flétrir ces productions informes, dans lesquelles tout écolier heureusement né, tout homme qui a de l'imagination et un peu de littérature peut vous égaler. Est-ce donc ainsi que vous entendez le génie? Est-ce ainsi que vous comprenez ce don du ciel accordé, chaque siècle, à un si petit nombre d'hommes privilégiés? Peut-être, prenant le parti de la modestie, répondrez-vous que vous ne prétendez à rien de tout cela; c'est à quoi je voulais vous amener.

En vain alléguerez-vous l'exemple du théâtre anglais ou du théâtre allemand. Messieurs, il n'y a pas de mal à être de son pays; il n'y a pas de mal surtout à être juste envers lui; et si vous vouliez bien faire attention que les génies de Shakespeare et de Schiller, astreints aux règles auxquelles Racine s'est humblement soumis, eussent pu ne rien perdre de leur vigueur, et qu'à coup sûr ils y eussent gagné la perfection qui leur manque, vous seriez un peu moins pressés d'enlever à la littérature française la palme dont vous voulez si libéralement gratifier les littératures étrangères.

Cette grande question de préséance m'a toujours paru plus facile à décider qu'on ne pense. Qu'on me pardonne l'ambition d'essayer de la résoudre aujourd'hui, et qu'on veuille lire avec quelque attention ce qui va suivre. — Dans les arts, quels qu'ils soient, le but n'est pas de faire une illusion complète; il y faut renoncer. Aussi, ce n'est pas l'illusion qui jette le spectateur dans l'enthousiasme, et qui lui arrache des cris d'admiration. A part l'émotion qu'on éprouve, et qui est le premier but que l'auteur doit atteindre, c'est l'art lui-même qu'on applaudit, et non pas la représentation idéale et de pure convention qu'il nous offre, et dont on n'est jamais complètement dupe. En effet, une peinture, une statue, ne nous illusionnent pas au point de nous faire croire à la réalité de ce qu'elles représentent, et nous y admirons seulement la pensée, le dessin, le coloris ou le modelé mis en œuvre par l'artiste. De même, dans une tragédie, nous ne demandons pas à être séduits au point de croire que nous voyons Achille ou Thésée; nous ne voulons point être transportés à Troie ou dans Argos; nous ne voulons pas croire que les évènemens qui se sont passés en vingt-quatre heures, ou dans un tems plus long, vont se passer devant nous dans l'espace de deux ou trois heures. Non, ce ne sont pas des illusions de ce genre que nous allons chercher au théâtre; nous allons y chercher d'abord des émotions, puis ensuite admirer l'art qui a présidé à une composition d'esprit. Or, plus il y aura d'art, plus il y aura de difficultés vaincues, plus l'esprit sera satisfait.

Si donc nous voulons, dans un ouvrage d'esprit, d'habiles combinaisons et des difficultés surmontées avec talent, il est impossible de mettre une composition dans laquelle on s'est affranchi de toute règle, et par conséquent de toute difficulté, sur la même ligne qu'une composition où l'art se fait admirer autant et plus encore que le choix du sujet et les diverses situations qu'il amène.

Sans discuter longuement sur l'importance des règles théâtrales, sans répéter ce qui a été dit et écrit tant de fois sur les *unités*, sur le *style* qui convient à la tragédie, sur le mérite qu'offrent, sous ces rapports, les chefs-d'œuvre de la scène française, je me résumerai et je dirai : Bien qu'il ne soit guère plus naturel de voir représenter une seule action que deux ou trois qui pourraient se passer en même tems, ( unité d'action ); bien qu'il soit à peu près aussi difficile de faire croire au spectateur que tous les événemens dont on le rend témoin aient eu lieu dans l'espace de trois heures, que de lui persuader que plusieurs jours ou plusieurs mois sont ainsi résumés devant lui, (unité de tems ); bien qu'il soit enfin , tout aussi difficile de lui persuader qu'étant dans une salle de spectacle, il est dans le palais des rois ou sur la place publique, que de lui faire croire qu'il passe successivement, quoi qu'immobile, d'un lieu dans un autre, ( unité de lieu ) ; il n'est pas moins constant que l'avantage , quelque mince qu'il soit, sous le rapport de la vérité et du naturel, se trouve du côté des *unités*. De plus , il est indubitable , et les partisans du romantisme ne peuvent, eux-mêmes, se dispenser d'en convenir, que l'observation de ces règles offre de grandes difficultés, qu'il n'y a pas un médiocre mérite à les vaincre, et que c'est faire sa part bien petite que de se passer, dans un ouvrage d'esprit, de toutes les ressources de l'esprit.

Plus loin je préciserai les concessions que la raison et le goût peuvent faire aux adversaires des règles d'unité, et l'on verra que les classiques sont prêts à beaucoup accorder, mais à accorder autre chose que ce que demandent les romantiques.

Quand au *style*, il est tout aussi facile de mettre fin à la contestation. Si, lorsque je vais à une tragédie, je ne veux pas voir les choses telles qu'elles se sont passées, mais telles qu'elles ont pu se passer, je ne veux pas non plus entendre les discours qui ont été tenus, mais ceux qui ont pu être tenus. Si je recherchais uniquement l'exactitude, l'histoire, supposé qu'elle fût exacte, me suffirait; et si elle ne l'était pas, ce n'est point au poète que j'irais demander de la rectifier. La poésie, comme tous les arts, vit de fictions; j'ajouterai, si je puis parler ainsi, qu'elle vit de choix. Nous voulons dans la poésie ce qu'il y a de mieux en pensées et en expressions; comme nous voulons, dans la peinture, ce qu'il y a de mieux en formes et en couleurs; comme nous voulons, dans la musique, ce qu'il y a de mieux en mélodie ou en accords. De ce que, dans la nature, un niais, un malotru peuvent se trouver près d'un prince, il ne s'ensuit pas que, dans la représentation d'une action grave, importante, vous deviez les accoler ensemble, surtout si le personnage bas n'est pas nécessaire à l'action; de ce qu'un prince peut parler habituellement ou accidentellement d'une manière triviale, il ne s'en suit pas que vous deviez, dans une œuvre tragique, lui donner un langage sans élégance et sans noblesse;

enfin, de ce que l'on ne rencontre pas, en un tems donné et chez un même personnage, une suite non interrompue de pensées grandes et élevées, il ne s'en suit pas que vous deviez renoncer à faire tous vos efforts pour atteindre le sublime, ou, tout au moins, pour vous tenir sans cesse à cette hauteur de pensées qui exerce les plus nobles facultés de l'âme et fait seule naître l'enthousiasme. Si vous renoncez à toutes ces ressources, que voulez-vous que j'aille faire à vos représentations ? Vous ne prétendez pas me causer une illusion, dans le sens rigoureux du mot, et vous en convenez vous-même ; vous détruisez par des trivialités ou des puérilités les fortes impressions que vous avez pu faire naître ; vous renoncez à satisfaire mon esprit, par l'art à l'aide duquel on triomphe des difficultés, et par le choix des moyens les plus propres à concourir à la perfection ; dès lors votre ouvrage n'a plus d'attrait, plus d'intérêt pour moi, et si j'en excepte quelques passages qui dénotent le talent, pour ainsi dire, malgré vous, je n'y vois plus rien qu'une source de dégoût.

## OLGA.

Quand on a lu la pièce d'*Olga*, on éprouve un sentiment confus de satisfaction et de déplaisir ; on est saisi, presque à la fois, par le souvenir de scènes grandes et fortes, et par celui de scènes joviales et communes. Ce mélange met l'âme mal à l'aise ; on ne veut pas ainsi rire et trembler, tour à tour, au gré du poète, et la nature même nous porte à reconnaître sans le secours du raisonnement, que tout ce qui ne nous remue pas fortement n'est point du domaine de la tragédie.

Quel effet peut-on attendre des propos joyeux d'un esclave qui se prétend heureux de l'être, ou de ceux d'un lâche courtisan qui plaisante son rival, parmi les fureurs d'une impératrice jalouse et cruelle ? Si la scène gaie précède la scène tragique, le contraste nous donne une secousse que notre esprit, non préparé, repousse d'abord comme désagréable ; si elle la suit, elle en atténue ou en détruit l'effet. L'auteur d'*Olga*, puisqu'il voulait innover, ou plutôt recommencer, en nous reportant à l'enfance de l'art, eût peut-être bien fait d'intituler sa pièce *tragi-comédie*, comme fit Corneille, à l'imitation des auteurs espagnols où il puisa d'abord ses sujets. Encore est-il bon d'observer, que dans ces tragi-comédies espagnoles, il n'y avait pas toujours des scènes comiques, et que, comme l'a dit Voltaire, c'était probablement parce que l'événement représenté, malheureux pour quelqu'un, était heureux pour quelque autre, qu'on leur donnait ce nom. Au surplus, sans s'appesantir encore sur les inconvéniens d'accoler ensemble, sur la scène, le noble et le bouffon, le plaisant et l'horrible, on pourrait, ce me semble, s'en rapporter à ce même Voltaire qui a dit, que « le tragi-comique est le genre le moins théâtral de tous. »

Quelques personnes croiront sans doute répondre victorieusement à cette attaque, en disant que la représentation d'*Olga* n'ennuie pas, ce que je nie à l'égard de certaines scènes ; et elles citeront le vers échappé au grand homme que je viens d'invoquer :

Tous les genres sont bons, hors le genre ennuyeux ;

mais, on sait que c'est là un vers dont on a étrangement abusé, et le simple bon sens dit que ce n'est pas par le seul côté de l'ennui ou de l'amusement que peut donner une représentation théâtrale qu'on doit juger une œuvre dramatique. Si une tragédie m'amusait autant qu'une parade de tréteaux, s'en suit-il que ce serait une bonne tragédie ?

Quant aux principales règles de composition, à ces unités observées dans tous nos chefs-d'œuvre tragiques, l'auteur d'*Olga* s'en moque. — Peu lui importe que son action soit entravée ou retardée par des scènes hors d'œuvre ; nous sommes encore bien heureux qu'il n'ait pas imaginé de nous faire suivre deux actions à la fois ; car jusqu'à certain point, cela ne manquerait pas non plus de naturel. En effet ne pourrions-nous pas, dans une place publique, ou dans un lieu d'assemblée quelconque, prêter simultanément ou alternativement attention à un enterrement et à un baptême, à l'assassinat d'un prince et aux quolibets d'un marchand de chansons ? Puisque le romantisme se contente du vrai, une telle représentation ne manquerait pas, absolument parlant, de vérité. — Quant à la mesure du tems, l'auteur ne s'en embarrasse pas davantage. Il aurait pu, avec un peu de peine, renfermer ses cinq actes dans les vingt-quatre heures rigoureusement exigées; mais il a bien mieux aimé faire passer aux spectateurs deux jours et deux nuits; sans cela il eût été exposé à la honte d'avoir quelque chose de commun avec les classiques. — Pour l'identité de lieu, même mépris. Au premier acte, nous sommes en Tartarie; au second, dans le château d'un seigneur moscovite; au troisième, à Kioff, résidence de la czarine; au quatrième, dans une forêt; au cinquième, enfin, nous retournons à Kioff; et tout cela sans quitter notre banquette. Il faut convenir pourtant que c'est faire un peu moins de chemin que nous n'en avons fait aux représentations de quelques pièces dues au talent innovateur de certains devanciers de M. Ancelot, qui, à la vérité, n'ont pas eu la noble audace de frapper à la porte du Théâtre-Français, ou du moins à qui on ne l'a pas ouverte. Nous rappellerons seulement le fameux *Christophe Colomb*, que nous avons suivi en deux heures de tems, d'Espagne en pleine mer, et delà au Nouveau-Monde. Nous devons savoir gré à l'auteur d'*Olga* de ne pas nous avoir fait courir tout d'une traite depuis Florence, résidence antérieure de notre héroïne, jusqu'à la capitale de l'Ukraine, théâtre de sa mort. Et cependant, pour lui donner en passant un conseil d'ami, n'eût-il pas mieux fait, puisqu'il prenait du galon, comme on dit, d'en prendre davantage, et de nous faire voir d'abord le perfide Obolinski, à Florence, séduisant, enlevant par ordre de sa souveraine la naïve Olga ; puis après, de nous montrer leur arrivée en Moscovie et tout ce qui s'en suit. Assurément, cela eût mieux valu que de nous faire passer la première journée près de la frontière moscovite, à entendre des conversations inutiles, à voir des choses tout aussi peu nécessaires, parmi lesquelles nous avons toutes les peines du monde à saisir une Exposition des plus mal faites.

Afin d'étayer par des faits le reproche que contiennent ces dernières lignes, examinons la contexture de la pièce, et commençons par en faire une analyse exacte et succincte :

Hélène, qui remplace sur la scène l'impératrice Catherine II, dont le règne était trop près de nous, à saisi le trône, à la mort de son époux, malgré l'usage qui forçait, en ce cas, la veuve du souverain à s'enfermer dans un cloître, et à laisser le sceptre à l'un des enfans, mâle ou non. L'un des boyards, attaché aux vieilles lois du pays, a soustrait la jeune Sophie, qui avait droit au trône, et l'a fait élever à Florence, sous le nom d'Olga. La czarine qui redoute cette jeune fille, prétexte continuel de guerres civiles, a découvert le lieu de sa retraite. Elle a envoyé près d'elle un de ses favoris, chargé de s'en faire aimer, de l'entraîner en Moscovie, et de la lui livrer. Ce favori s'est acquitté de sa vile commission, mais il s'est épris lui-même des attraits de sa victime. La jalousie ( *ici commence la pièce* ) se joint dans l'âme de la czarine à la politique, et elle fait périr la malheureuse Olga, puis son lâche séducteur.

Assurément, il y a là de quoi faire une belle et bonne tragédie ; voyons comment M. Ancelot s'y est pris. Pour en rendre un compte équitable et qui frappe davantage l'esprit du lecteur, je n'imagine rien de mieux que de faire une courte énumération de toutes les scènes et de leur contenu, et je me permettrai de distinguer par des caractères italiques, tout ce qui me paraît inutile ou nuisible à l'action ; nous verrons alors à quoi se réduit la pièce.

## ACTE I<sup>er</sup>.

Scène 1<sup>re</sup>. — *Deux serfs raisonnent sur leur destinée. L'un voudrait la liberté ; l'autre a pour l'esclavage un goût tout particulier, et se garderait bien du malheur d'être libre* ( ce qui semble, soit dit en passant, un sentiment peu naturel).

Scène 2<sup>e</sup>. — *Continuation du même sujet. Un artiste italien, amené pour introduire en Moscovie le goût des arts, vient parler de ses projets* et dit quelque chose d'Olga, et d'Obolenski qu'elle a suivi dans ces contrées. *L'esclave indocile, prévoyant, dans l'érection de nouveaux palais, une surcharge de travaux pour lui et ses compagnons, les décide à se révolter et à quitter leur maître.*

Scène 3<sup>e</sup>. — *Olga survient, donne de l'or aux mutins, et les apaise.*

Scène 4<sup>e</sup>. — *Olga désirant avoir encore de l'or pour apaiser de nouvelles révoltes, s'il y a lieu,* donne à sa suivante un bracelet pour qu'elle le vende.

Scène 5<sup>e</sup>. — Obolenski vient trouver Olga. Causerie d'amour. La jeune fille témoigne de la crainte au moment d'entrer en Moscovie.

Scène 6e. — Obolenski seul. Il lit au public une longue lettre qu'il a écrite à la czarine, et qui contient l'Exposition de la pièce.

Scène 7°. — Ordre de porter ce message à la czarine.

Scène 8e. — *Remercîmens d'un esclave pour l'or donné par Olga au nom d'Obolenski.*

Scène 9e. — *Arrivée de Boscaris, nouveau favori de la czarine, qui apporte à Obolenski la pelisse d'honneur, en signe de satisfaction.*

Scène 10°. — Départ pour la Moscovie.

## ACTE II.

Scène 1re. — On cause. On raconte que le château d'Obolenski appartenait anciennement au boyard Belski, lequel a été banni. *On prie Olga d'improviser pour récréer les paysans, et, en récompense, on lui chante une ballade.* Elle reconnaît ce chant pour l'avoir entendu dans son enfance.

Scène 2e. — Belski arrive, déguisé en marchand.

Scène 3°. — Il offre de vendre des armes aux serfs. La suivante d'Olga vend le bracelet, à l'aide duquel Belski reconnaît dans Olga la prétendante au trône.

Scène 4e. — Obolenski et Boscaris surviennent; ce dernier annonce que la czarine va arriver, et qu'elle veut garder l'incognito.

Scène 5°. — Arrivée de la czarine. Commencement de soupçon de l'amour d'Obolenski pour Olga.

Scène 6e. — Développement de la scène précédente.

Scène 7e. — *Id.*

Scène 8e. — *Id.* et Résolution de faire périr Olga.

Scène 9e. — Départ de la czarine, et ordre de rejoindre à Kioff.

Scène 10°. — Désespoir d'Obolenski.

SCÈNE 11°. — *L'esclave turbulent, vient proposer à Obo-lenski de tuer la czarine pour sauver Olga. Obolenski refuse.*

## ACTE III.

SCÈNE 1re. — La czarine seule s'entretient dans la résolution de faire périr Olga.

SCÈNES 2e et 3e. — *Scènes d'audience. Salmigondis de poli-tique et de toilette, de projets guerriers et de coquetterie, de bienveillance et de fureur.*

SCÈNE 4e. — Ordre d'assembler le conseil.

SCÈNE 5e. — Déclaration de la czarine de l'intention où elle est de détruire par les armes Belski et les rebelles qui l'ac-compagnent, et d'envoyer Olga à la mort, afin qu'elle ne serve plus de prétexte à la révolte.

SCÈNE 6e. — Obolenski entreprend de faire changer la czarine d'avis; il échoue, et la mort d'Olga demeure résolue.

SCÈNE 7e. — On annonce que Belski a levé l'étendard et qu'il s'est emparé du château où Olga était retenue.

## ACTE IV.

SCÈNE 1re. — Belski fait connaître aux révoltés que Sophie (Olga) est avec eux. On s'apprête à la proclamer. *Cérémonie d'af-franchissement d'un serf pour avoir de l'or et payer les soldats.*

SCÈNE 2e — Dispositions militaires. On reculera devant Bos-caris qui s'avance, parce qu'on n'est pas encore en force.

SCÈNE 3e. — Olga est amenée, et proclamée malgré elle.

SCÈNE 4e. — L'ennemi approche; on emmène Olga malgré sa résistance.

SCÈNE 5e. — *Conversation entre les deux mêmes esclaves qui ont commencé la pièce.*

Scène 6°. — Boscaris arrive. On poursuit les rebelles. Combat. Olga s'échappe et revient sur la scène.

Scène 7. — Olga est emmenée par Boscaris.

## ACTE V.

Scène 1<sup>re</sup>. — Olga seule, enfermée.

Scène 2°. — La czarine vient lui prouver par la lettre d'Obolenski qu'il l'a trompée et amenée, par son ordre, pour être livrée entre ses mains.

Scène 3. — Olga seule s'abandonne à son désespoir.

Scène 4. — Obolenski s'introduit près d'elle pour la sauver. Elle refuse de l'entendre et de le suivre.

Scènes 5°, 6° et 7°. — La czarine les surprend; fait entraîner Olga à la mort; la montre sans vie à Obolenski, et l'envoie lui-même au supplice.

Tout compte fait, il y a donc, à mon avis, cinq ou six scènes de trop dans le premier acte; deux dans le second; une dans le troisième; deux dans le quatrième; enfin, le cinquième est le seul qui soit irréprochable sous le rapport de l'intérêt et de la marche des événemens. Si, comme je le pense, il est facile de prouver que ces scènes parasites nuisent ici à l'effet dramatique, il sera prouvé en même temps que la pièce est mal conçue.

Mais comment est-elle exécutée, versifiée ? c'est là que m'attendent les admirateurs du talent poétique dont M. Ancelot a fait preuve dans ses précédens ouvrages. La correction et l'élégance de ses vers feraient seules le succès d'*Olga*, quand même elle faiblirait sous d'autres rapports!... C'est ce qu'il s'agit d'examiner, et je serai heureux alors de trouver, parmi les fautes nombreuses que j'aurai à relever, l'occasion de rendre une justice éclatante aux beaux endroits de la pièce.

## ACTE PREMIER.

*Nota*. Privé de la ressource d'imprimer ici la pièce (1) avec les astérismes et autres signes usités pour renvoyer aux commentaires, je suis obligé de prier le lecteur de se reporter à la pièce elle-même, telle que l'auteur l'a fait paraître, et de suivre attentivement mes indications.

### SCÈNE PREMIÈRE.

Cette scène de début, comme beaucoup d'autres qui se trouvent dans le même ouvrage, a le ton de la comédie. L'auteur l'a voulu ainsi ; par cette raison je n'en ferai pas l'objet d'une plus longue remarque, et je n'examinerai ces sortes de scènes que sous le rapport de l'utilité, et sous les autres rapports littéraires.

Heureux !... ah ! tu rêvais.

Cette phrase semble mal placée dans la bouche de Blaskoff, qui se trouve heureux dans la servitude ; elle eût été mieux dans celle de Fédor, qui aspire à la liberté.

C'est ton destin ; le mien, Blaskoff, est de maudire.

*Destin* n'est pas l'expression propre. Fédor devait dire : C'est ton avis, c'est le parti qui te cou-

______

(1) Le droit de faire une telle réimpression pourrait donner lieu à contestation.

vient, etc. Le judicieux La Bruyère a dit : « Entre les différentes expressions qui peuvent rendre une pensée, il n'y en a qu'une qui soit bonne : On ne la rencontre pas toujours ; il est vrai, néanmoins, qu'elle existe, et que tout ce qui ne l'est point est faible. »

**Aux lois d'Obolenski ma vie est enchaînée.**

On n'enchaîne pas à des lois. De plus, il ne s'agit pas de lois entre un boyard et son serf.

**Puis-je changer ma vie ?**
**Joindrai-je à ses douleurs et la haine et l'envie ?**

Blaskoff est inconséquent avec lui-même. Puisqu'il a vanté le bonheur de l'esclavage, puisqu'il vient de parler de ses chants et de ses danses, il ne doit pas, une minute après, parler *des douleurs de sa vie.*

**Ah ! par saint Wladimir ! mes regards enchantés**
**Se retracent encor tant de vastes cités,**

. . . . . . . . . . . . .

Nouveau contre-sens. Ce n'est pas à cet esclave, ennemi de toute amélioration, qu'il convient de vanter les arts et le climat de l'Italie.

**Eh bien ! de ces palais, merveilles ignorées,**
**Dont l'aspect embellit ces lointaines contrées,**
**Bientôt d'habiles mains orneront nos remparts.**

C'est maintenant Fédor, l'autre esclave, qui va tomber dans la contradiction ; car le voilà qui vante les palais dont la construction future lui servira, tout-à-l'heure, de motif pour se révolter.

J'observais un tableau plus étonnant *peut-être.*
Du joyeux laboureur entendais-tu les chants ?

. . . . . . . . . . . . . . . . .

Fédor, le champion de la liberté devait dire, *sans doute.*

L'*heureux* enfant du nord jadis fut libre aussi !

L'épithète est ici de trop ; et de plus elle fait un sens équivoque. Se rapporte-t-elle au tems passé, ou au tems actuel ?

Qui peut changer le sort ? — Une volonté forte.

Si l'on s'attachait à ce vers, qui est beau de pensée et d'expression, ainsi qu'à la scène qu'il termine, on croirait, et c'est ici le plus grand défaut de tout ce début, que c'est là l'exposition de la pièce, et qu'on va voir cette volonté forte agir et opérer l'affranchissement d'un peuple esclave. Or, il s'agit de toute autre chose.

### SCÈNE II.

Pourquoi dès le matin sortir de ce château ?
Lorsqu'à peine il fait jour, pourquoi courir la ville ?

Pourquoi ? Celui qu'on interroge vient précisément de le dire dans les cinq vers qui précèdent ceux-ci. Quant à cette pompe d'expression, malgré un style tout à fait bourgeois, on doit faire remarquer que c'est beaucoup d'accorder à une résidence tartare le titre de *château ;* et qu'il n'y avait pas là *ville* en 1535.

Votre maître, envoyé par *votre souveraine.*

En prose on eût dit : *Votre maître envoyé par sa souveraine*, et c'eût été mieux.

La gloire! que dit-il? Le comprends-tu, Fédor?
— Non.

Fédor devait dire *oui*, puisqu'il admire les peuples libres.

La gloire vous attend. — Serons-nous moins esclaves?

Encore un coup, ce n'est point à Fédor à faire ces sortes de répliques.

Savez-vous donc pour nous quels seront les effets?

Le sens veut, quels *en* seront les effets?

Voir, au sujet de cette tirade qui brille par l'énergie et par de beaux vers, ce qui a été dit plus haut à l'égard de la contradiction qu'offre ici le rôle de Fédor. Observons, en outre, que le spectateur ne sait encore nullement de quoi il s'agit.

### SCÈNE III.

Là, vous avez reçu les baisers d'une mère;
Là des vœux inquiets. . . . . . . . .

Ces vers et ceux qui suivent sont charmans, mais sont-ils convenablement adressés à de misérables esclaves à demi sauvages?

Hier, il me disait : « Olga, reçois cet or;
Entre mes compagnons que ta main le partage.

Olga fait là un mensonge qui porte préjudice à son amant; car le spectateur saura plus tard qu'Obolenski n'est pas susceptible de ce sentiment d'humanité , et ne l'en méprisera que davantage. Il y aurait eu de l'art, au contraire , à le rendre intéressant.

Et moi qui, sur ces bords , par l'amour entraînée.

Cela est tout à fait déplacé dans la bouche d'Olga, qui continue de parler à de farouches paysans. Ce serait bon si elle parlait à sa suivante.

Tu promets le bonheur, en apportant l'espoir.

Que signifie cette phrase? En voici à peu près le sens : *Tu promets le bonheur en nous en apportant la promesse.*

. . . . . . . . ta main relèvera nos têtes.

Locution trop positive pour n'offrir qu'un sens figuré.

. . . . . . . . Parle en ton nom , Fédor.

. . . . . . . . . . . . . . .

Cette obstination de Blaskoff finit par être ridicule. Passe qu'il ait vanté une fois le bonheur de la servitude , puisque tel est son goût ; mais se gendarmer chaque fois qu'on parle devant lui de liberté , cela devient un sentiment hors nature.

L'avenir montrera qui de nous deux est sage.

Pour la seconde fois , je demanderai à M. Ancelot, si c'est à plaisir qu'il s'est appliqué à nous faire croire jusqu'ici que les débats politiques d'un peuple esclave , qui va combattre pour la liberté , sont le sujet de la pièce. Autrement ce vers, qui semble promettre le dénouement de cette grande question , sera tout à fait hors du sujet, ainsi que les scènes qui précèdent. C'est malheureusement ce qui est; et nous sommes encore réduits à ne pas savoir le sujet de la pièce.

## SCÈNE IV.

. . . . . . . . cet enfant des boyards !

Certes, *boyard* n'est ni un titre assez grand, ni un mot assez euphonique pour inviter à employer cette pompeuse locution.

Je l'ai porté douze ans, *prends-le, tu le vendras.*

En revanche, cela semble par trop bourgeois.

## SCÈNE V.

C'est vous ! déjà levée !. . . . . . .

Qu'importe qu'il soit si matin ?

Quand on se sent coupable, on craint la solitude.

Le vers est certainement bon; mais de quoi Olga est-elle coupable ? On n'en sait rien, et la suite ne le fait pas connaître.

. . . . . . . . et j'allais *te* chercher.

Je ferai la remarque, une fois pour toutes, qu'il y a quelque chose de choquant à entendre Olga tutoyer Obolenski, tandis que celui-ci ne la traite pas avec cette familiarité. En vain alléguera-t-on la naïveté et l'âge de la jeune fille (seize ans); ce serait une raison, selon moi, pour que le contraire arrivât, et que ce fût elle qui fût tutoyée.

> . . . . . . . . . et je ne comprends pas
> Quel hasard près de moi. . . . . . . .

Qui peut se flatter de comprendre un hasard ?

> La foule à ton aspect, étonnée, *interdite*.

Pourquoi interdite ? C'est trop dire ; les Italiens pouvaient être alors étonnés à l'aspect d'un Russe, mais rien de plus.

> Si ton rang te défend d'avouer nos liens.
>
> . . . . . . . . . . . .

Un tel sentiment ne peut pas être chez Olga. Elle parle trop bien de toutes choses, pour ne pas savoir qu'elle serait exposée au déshonneur, et que ce ne serait pas le moyen d'avoir *la paix du cœur* qu'elle demande à la fin de ce morceau.

> . . . . . . . . et même l'on assure
> Que, des nobles boyards éveillant la censure,
> Ses nombreuses amours. . . . . . . .

Qui donc a pu dire cela à une fille de seize ans ?

> Jusqu'au trône souvent monte la calomnie.

Ce vers est bien ; mais il ne dit pas ici ce qu'on veut dire. Il signifie que la calomnie se glisse jus-que dans l'oreille des rois ; or, l'auteur voulait dire que les rois même sont calomniés.

> Nos *steppes* fécondés....

Qu'est-ce ? Je suis obligé d'ouvrir un dictionnaire et je vois qu'on appelle ainsi certains déserts salés de l'Asie septentrionale.

Voici la cinquième scène achevée, sans qu'on se

doute le moins du monde du sujet. Elle a fourni seulement l'occasion de mettre dans la bouche d'Olga quelques jolis vers, dans la peinture qu'elle fait de son amour.

### SCÈNE VI.

Enfin, Obolenski annonce le mystère qui doit faire le nœud de la pièce, et l'auteur se décide à en faire part au public. Mais comment, juste ciel! par l'un des plus faibles moyens qui aient jamais servi à un auteur dramatique pour faire sa scène d'exposition : par une lettre qu'il a écrite ailleurs, et qu'il vient relire devant le public avant de l'envoyer.

On peut lire, sur la scène, une lettre écrite par un autre. On peut lire tout haut ce qu'on écrit soi-même en présence des spectateurs ; mais, lire ce qu'on a écrit hors de la scène, et cela, pour faire l'exposition, l'un des endroits qui demandent le plus d'art! Cela est vraiment impardonnable.

Il semble, en outre, qu'Obolenski ne faisant pas connaître, dans cette scène, qu'il aime Olga, est privé une seconde fois d'une ressource qui l'eût rendu intéressant, malgré sa perfidie, et laisse voir seulement tout ce que son rôle a de vil.

> Il est donc vrai! mon cœur, *de remords abattu,*
> Le feignit cet amour!

Le second hémistiche présente un sens louche. Etait-ce alors, ou est-ce maintenant que le cœur d'Obolinski est *abattu* de remord?

Ma vie au joug d'Hélène appartient tout entière.

Une vie n'appartient pas à un joug.

Ivan, Blaskoff, ici !

Trop trivial, bien qu'il s'agisse d'appeler des esclaves.

### SCÈNE VII.

. . . . . . . . Maître, que faut-il faire ?
Nous voilà.

*Nous voilà* est de trop ; et de plus il eût été plus correct de dire : Nous voici.

M'écouter, m'obéir et se taire.
Ivan, prends cet écrit, monte à cheval, et pars.

Est-ce pour leur faire cette leçon qu'Obolenski appelle ses esclaves, qui doivent la savoir de reste, et qui n'ont encore rien dit ? *Monte à cheval* est au moins inutile ; il n'y aurait pas de raison pour ne pas dire aussi à Ivan : *Mets tes bottes, prends ton manteau.*

### SCÈNE VIII.

. . . . . . . . . . . . . peut-être
Mes chants dissiperaient les ennuis de mon maître.

Voilà l'entêté de Blaskoff qui veut absolument chanter au milieu de notre tragédie. Au surplus, il semble s'exprimer là avec une véritable affection, et cela est peu d'accord avec les sentimens d'un esclave qui répète à tout instant qu'un maître ou un autre c'est tout un pour lui, pourvu qu'on le nourrisse.

Ensuite, ce Blaskoff se fait ici le délateur du commencement de révolte qui a eu lieu, et dit à Obolenski qu'Olga *a sauvé ses jours*; ce qui n'est qu'une exagération dont l'auteur essaye de se servir pour faire Olga conservatrice des jours de celui qui va la sacrifier.

### SCÈNE IX.

> . . . . . . . Des enfans de la Grèce
> On connaît le pouvoir sur tous les cœurs *séduits!*

Cela ne s'entend pas. Peut-être y aurait-il un sens si l'on mettait : sur tous les cœurs *à séduire.*

Toute cette scène, écrite du ton de la comédie, n'est pas exempte d'emphase, ce qui est un défaut de plus, et n'offre aucun intérêt. On eût pu apprendre en six ou huit vers, que la czarine envoie à Obolenski la *pelisse d'honneur,* ce qui, du reste, n'est pas fort nécessaire à l'action principale, et faire soupçonner que Boscaris est devenu rival d'Obolenski. Qu'importe aussi que Boscaris soit un Grec? Il n'y a pour cela nulle apparence de nécessité.

### SCÈNE X.

Cette scène est également un composé de style bourgeois et de bouffissure.

> Grâce à moi, tout est prêt pour le départ.—Qu'entends-je?
> — Ce matin vous m'avez grondée et je me venge.

> Obolenski demain ici *dût* être encor;
> Demain dans sa patrie il salûra l'aurore.

. . . . . Du *télègue*, au pied de la colline
Entendez-vous tinter la clochette argentine?

*Télègue.* Le dictionnaire n'a pu me dire ce que
c'est.

## ACTE DEUXIÈME.

### SCÈNE I.

Encore de la comédie !

. . . . . . . . . . . ces contrées
Des arts qui nous sont chers si longtems ignorées.

Il semble plus naturel que ce soient les contrées
qui ignorent les arts , que les arts qui ignorent les
contrées.

. . . . . . . . . et ses ordres peut-être
Nous donneront bientôt à quelque nouveau maître.

Cette phrase est très déplacée dans la bouche de
l'insupportable Blaskoff, en parlant à Olga d'Obolenski son amant.

Avant que dans ces lieux revienne notre maître,
Si vous vouliez.... ( *Blaskoff invite Olga à improviser en*
*chantant.* )

Quelle inconvenance ! et c'est Blaskoff encore,
ce serf renforcé , qui ose faire une pareille demande à l'épouse future de son maître. Encore, si
c'était ce libéral Fedor ! De plus, est-ce pour de
misérables serfs moscovites que la description poétique qu'Olga va faire des *rives de l'Arno* peut
avoir quelque charme ?

. . . . . . . . . où l'on est mieux aimé !

Nous aurions eu déjà plus d'une fois l'occasion de faire remarquer qu'Olga, pour une fille de seize ans, parle trop et à trop de monde des douceurs de l'amour.

> Jusqu'aux bords de l'Arno suivons l'étroit sentier
> Que couvre l'aloës de son *ombre odorante :*
> Le soleil jette encore une clarté mourante
>     *Sur les fruits d'or du citronier.*
>     Voici le soir, faisons silence !....
> *J'entends* le rossignol qui *chante et se balance*
>     Sur les branches de l'églantier.

Voilà de ces choses qu'on trouve charmantes. Et pourtant, qu'est-ce qu'une *ombre odorante ?* Qu'est-ce que le soleil qui semble n'éclairer que les *fruits d'or du citronnier ?* Qu'est-ce que le rossignol qu'on *entend chanter et se balancer ?*

Que ces accens sont doux ! . . . . . .

C'est encore Blaskoff ! ce n'est pas sur lui, cependant, que cette mélodie devrait agir le plus.

Ici l'air est si froid, le ciel si rigoureux !

J'avoue que ce vers m'a fait impression à la représentation et à la lecture, comme l'un des plus naturels de la pièce. Cette jeune italienne qui improvise au milieu des glaces du nord, et qui se sent attrister par la comparaison du doux climat qu'elle a quitté avec celui qu'elle habite maintenant, est d'un effet inmanquable. Mais.... était-ce là la place ?

Suit la chansonnette de Blaskoff; au milieu d'une tragédie ! Olga croit reconnaître le refrain ; elle l'a entendu dans son enfance..... et nous voilà transportés tout-à-coup, par le souvenir, à l'Opéra-Comique. Chant pour chant, j'aimerais mieux le joli air de la *Dame Blanche.*

### SCÈNE II.

Belski, le boyard révolté, arrive déguisé en marchand, mais ni dans cette scène, ni dans la suivante, on ne peut voir en lui autre chose qu'un juif; et dès lors on ne comprend pas l'intérêt qu'il prend à ce bracelet que la suivante d'Olga veut lui vendre.

### SCÈNE III.

Ma foi, de leurs débats je ne m'occupe guère.

Encore les éternelles répétitions de Blaskoff, sur son amour pour l'esclavage.

Il faut remarquer aussi que dans ces deux scènes, Belski, qu'on ne connaît que pour un colporteur juif, semble parler d'une manière tout-à-fait inconvenante à des gens qui sont ses supérieurs.

### SCÈNE IV.

Cette scène de transition, où l'on annonce l'arrivée incognito de la czarine, n'offre rien de remarquable que l'insipidité de Boscaris.

Est-il un but si haut qu'il soit inaccessible ?

Il devrait ajouter : *pour toi*, autrement c'est une généralité dont le sens devient faux.

## SCÈNE V.

Ici nous entrevoyons enfin la tragédie, et l'action commence. Il était tems! Cela était d'autant plus à désirer, que le talent de M. Ancelot, dès ce moment prend son essor, et que, jusqu'à la fin du second acte, sauf la dernière scène, nous allons de beautés en beautés, parmi lesquelles un petit nombre de taches se font remarquer à peine.

. . . Pardonnez-moi ; j'allais à l'instant même....

Ah! permettez....

Ces réponses ou interruptions d'Obolenski sont trop communes; il ferait mieux de ne rien dire, puisque sa souveraine a raison.

J'ai lieu de m'étonner ! . . . . . . . .

La transition est trop brusque.

### SCÈNE VI.

Bien. Obolenski essaie avec adresse de détourner les soupçons de la czarine.

A vos pieds désormais *jettent* tous vos rivaux.

*Mettent* tous vos rivaux, eût été bien meilleur, parce qu'il eût été plus naturel.

Ah! je ne savais pas qu'elle fût aussi belle !

Ce vers dans la bouche de la czarine est d'un grand effet.

## SCÈNE VII.

Imitée ou non de l'admirable interrogatoire d'A-thalie, cette scène est très belle. Il vaut mieux imiter ainsi que créer autrement. La finesse, et en même tems, la dignité de la czarine sont parfaites; la naïveté d'Olga laisse peu de chose à désirer. On est fâché de voir quelques légères fautes parmi de si bons vers.

> Imitons l'Italie ! il faut sans plus tarder
> De merveilles, *comme elle,* enrichir ce *rivage.*

*Comme elle,* fait un sens louche. *Rivage* est impropre ; l'Ukraine, autrement dit la Pologne, n'est point un rivage.

> Que dit-elle, bon Dieu !. . . . . . . .

Pourquoi cette exclamation ? Elle a droit de surprendre surtout dans la bouche de Boscaris qui se fait gloire d'être Grec.


## SCÈNE VIII.

Cette scène est au moins égale en beautés à la précédente. Deux légères taches seulement s'y trouvent :

> On dit.... mais devant vous *je tremble d'achever.*

C'est la czarine qui parle. *Je tremble* est trop fort, ou plutôt, trop faible dans sa bouche. *Je craindrais d'achever* vaudrait assurément mieux.

. . . . . .    De grâce abrégez mon supplice !

Je souffre !

*Je souffre* est de trop.

Mais en revanche, on admiré des vers tels que ceux-ci :

Je lis sur tous ses traits la contrainte et l'effroi !
Mais, tremble-t-il pour elle, ou souffre-t-il pour moi ?

Regarde, malheureuse, et tremble !   . . .

. . . . . . . . .

Toute la fin de cette scène est très dramatique, et l'on ne peut s'empêcher de frémir en entendant la vindicative czarine dire avec un affreux sang froid :

Ce n'est pas cet effroi qui la fera mourir.

SCÈNE IX.

. . . . . . . . . . .

SCÈNE X.

Obolenski, seul, prend la résolution de sauver Olga ; mais par un inconcevable calcul, l'auteur ne lui fait pas dire encore qu'il l'aime ; de sorte qu'on ne voit toujours en lui que l'agent d'Hélène, et non l'amant. La connaissance de son amour pour la victime qu'il a traînée après lui, le mettrait pourtant, aux yeux des spectateurs, dans une situation plus dramatique.

SCÈNE XI.

Hors-d'œuvre, qui vient mal à propos ralentir la marche des événemens. Qu'importe que Fédor ait imaginé, par un dévouement peu motivé, de tuer la czarine pour sauver Olga, surtout si Obolenski, au lieu d'ouvrir l'oreille à une telle proposition qui pourrait changer toute la face des choses, et d'hésiter à l'accueillir ou à la rejetter, renvoie cet esclave sans vouloir l'entendre, et qu'il n'en soit plus question.

En outre, cette scène a le défaut de n'offrir aucun vers remarquable, si ce n'est celui-ci :

Le lâche ! il est encore plus esclave que nous.

Ce vers est encore plus vrai que l'auteur ne semble le penser, car il eût fait alors le rôle d'Obolenski moins ignoble.

## ACTE TROISIÈME.

### SCÈNE I.

Le monologue de la czarine ne mériterait que des éloges, sans trois fautes légères qui s'y trouvent :

. . . . . . Hier elle a, sans me connaître,
Devant Obolenski prononcé *cet arrêt.*

On ne voit pas de quel arrêt veut parler la czarine.

Il le sait.... s'il osait lui révéler son sort !

Non, Obolenski ne le sait pas ; il l'apprend à la scène cinquième, qui va suivre.

. . . . . . . . . . . . Entrez tous.

Cette locution est par trop familière.

## SCÈNES II, III, IV.

Voilà encore de ses sortes de scènes qui seraient à retrancher tout net. Mais l'auteur s'en garderait bien ; il les a mises là tout exprès, et certes il a beaucoup compté sur leur effet. Toujours est-il vrai qu'elles ne font que retarder, embarrasser l'action, et qu'elles offrent une véritable macédoine, un mélange extravagant de toilette et de politique, de discussions graves et de facéties, de fleurs et d'arrêts de mort. — Telles qu'elles sont elles ne donnent lieu à aucune importante critique.

## SCÈNE V.

Ici M. Ancelot redevient auteur tragique et ne se dément pas jusqu'à la fin de l'acte. Il est à observer à sa louange, que c'est lorsqu'il se renferme dans ce genre, qu'il s'efforce à tort de quitter, que son style s'élève et devient presque irréprochable. C'est ce qui se remarque surtout dans le discours de la czarine à son conseil et dans celui du sauvage Vaivode.

La czarine met fin au conseil avec une mâle fermeté.

Songez-y bien, boyards ; qui me blâme conspire !

## SCÈNE VI.

Scène des plus dramatiques et tracée avec un talent supérieur. Il était impossible de mettre plus d'art et de gradation dans les efforts d'Obolenski pour dissuader la czarine, et plus d'énergie dans son indignation et sa fureur, quand il voit qu'elle s'est jouée de lui et lu a arraché son secret.

Elle est sauvée enfin ! — Misérable !... tu l'aimes !
— Que dites-vous ? — Ton cœur s'est trahi malgré toi.
J'ai vu, j'ai vu ta joie!... et je vois ton effroi.

— Eh bien, c'en est donc fait! je brise un joug infâme!

Tout ce qui suit est de la plus grande vigueur et du plus grand effet.

Une seule tache m'a frappé au milieu de cette belle scène. Obolenski ne doit pas dire à sa souveraine :

Ce cœur, ce *faible* cœur où règne votre image.

## ACTE QUATRIÈME.

Nous retombons dans le genre mixte que l'auteur a follement adopté. Ce n'est plus à une tragédie que nous assistons, c'est à un mélodrame: Esclave frappé du knout; révélation par Belski aux boyards révoltés de l'arrivée d'Olga, l'héritière légitime du trône ; un « *va la chercher, Blaskoff* », digne d'un marchand d'esclaves; la cérémonie d'affranchissement à prix d'or, d'un paysan riche et plaisant à sa manière ; une proclamation d'impératrice par quelques mécontens, au milieu d'un bois, et sans la moindre pompe nécessaire pour qu'une action si importante n'ait pas l'air d'une mascarade ; la nouvelle impératrice qui ne veut pas du trône au prix qu'on lui impose, emmenée de force par les rebelles ; une conversation, pour la troisième fois, entre deux serfs qui attendent l'issue de l'affaire, et dont l'un nous répète en d'autres termes ce qu'il nous a déjà dit : « *Je suis né pauvre et serf; je dois avoir un maître;*

*j'aime à savoir par qui je dois être batttu, etc. »* ;
un combat digne de l'*Ambigu-Comique*, mais qui,
heureusement, se passe dans la coulisse et est dé-
décidé en moins de trois minutes ; enfin, Olga re-
venue toute seule sur la scène et emmenée par Boscaris. Voilà ce que nous présente cet acte sans style,
sans couleur et même sans intérêt, malgré tous les
événemens qui y sont entassés. Ajoutez que pour
quelques pensées fortes et fortement exprimées, il
y en a un bien plus grand nombre de très ordinaires,
et qu'il en est même qui sont tout-à-fait fausses, telles
que celle-ci : Olga amenée devant les boyards leur
dit :

Oh ! ne me tuez pas ! ayez pitié de moi !
*Je suis si jeune encore !* . . . . . .

Il y a là une affectation puérile, et qui pis est, un
sentiment qui n'est pas dans la nature. On n'aime
pas davantage à mourir vieux que jeune.

## ACTE CINQUIÈME.

Je n'ai plus, ainsi que tous ceux qui ont vu la
pièce, qu'à payer à son auteur un juste tribut d'admiration, et cela presque sans restriction. Le cinquième acte est beau. Combinaisons habiles, scènes
terribles, rapidité foudroyante, style éminemment
tragique, tels sont les mérites qui s'y trouvent. On
n'en cherche point d'autres. S'il fallait citer tout
ce qui est bon, il faudrait transcrire l'acte entier.
Mais, la tâche que j'ai entreprise, uniquement

dans l'intérêt de l'art, m'impose un autre devoir, celui de relever le peu de fautes qu'on y remarque; elles serviront, par leur petit nombre, à faire ressortir le mérite du reste.

. . . . . . . Mourir!... et j'ai seize ans!

Voir la critique déjà faite plus haut, de cette idée prise hors de la nature.

Là s'arrête, à mes pieds, votre pouvoir suprême.

*A mes pieds*, est de trop, et a surtout le défaut d'être emphatique.

Je ne veux pas mourir!

Encore cette idée, qu'il eût mieux valu laisser dans l'élégie de Chénier.

Enivrons-nous d'amour! . . . . . . .

Ces expressions sont trop fortes dans la bouche de la jeune et malheureuse Olga.

Enfin, je terminerai par une observation des plus importantes; c'est que la scène dernière est, jusqu'à certain point, gâtée par le don des biens d'Obolenski à Boscaris; par l'exclamation du ridicule Blaskoff: *Encore un nouveau maître*; et par l'ordre de l'insignifiant Boscaris, à ses esclaves: *à genoux!*

Mais, quand je songe de nouveau à cet horrible « *Ecoute*, » de la czarine, dans cette même scène, et à ce féroce et insultant « *A la mort*, » je retrouve mon enthousiasme pour le cinquième acte d'Olga, et j'ai peine à me pardonner d'avoir fait une critique si forte, du moins j'ose le croire, d'un ouvrage qui renferme de telles beautés.

# CONCLUSION.

Laissant à mon admiration le tems de se calmer un peu, je demanderai, cependant, si un bon cinquième acte suffit pour faire une bonne tragédie; si quatre ou cinq scènes de début qui ne tiennent point à la pièce, une exposition tardive et mal faite, des rôles sans intérêt, des scènes intermédiaires qui ralentissent ou entravent la marche de l'action, un mélange fatigant de tous les genres, de nombreuses fautes de détail, enfin, une violation de toutes les règles théâtrales, violation qui est ici sans aucun fruit, qui n'est la source d'aucune beauté; je demanderai, dis-je, si tout cela peut faire une pièce supportable, une pièce digne d'être jouée au premier Théâtre-Français!

Si c'est là ce que les partisans des nouvelles doctrines nomment une tragédie romantique, certes, il y a de quoi nous en dégoûter pour toujours. Dès longtems je l'ai pensé, « le *romantisme*, tel que l'entendent ces messieurs, *c'est le vague et l'incohérence* ». Je défie qu'on montre une seule production, en quelque genre que ce soit, sortie de ce qu'on appelle la nouvelle Ecole, qui ne serve à justifier cette sentence. Or, quelle beauté peut-il résulter, dans un ouvrage du premier rang, dans une tragédie, d'une composition et d'un style incohérens et désordonnés?

Ce n'est pas que la raison et le bon goût, comme

je l'ai indiqué précédemment , ne soient prêts à faire des concessions aux ennemis de certaines règles puisées dans le théâtre grec, imposées par tous les législateurs de l'art dramatique, et religieusement observées par les auteurs qui ont fait la gloire de la scène française. Il y a soixante ans et plus qu'il en est question. Voltaire n'a-t-il pas applaudi à Corneille, d'avoir fait conspirer Cinna ailleurs que dans le cabinet d'Auguste, et n'a-t-il pas appelé d'autres réformes plus importantes dans les lois théâtrales? Mais, ne perdons pas de vue qu'on ne doit sortir d'une route que pour en prendre une meilleure, ou, tout au moins, qui ne soit pas pire. L'unité et le resserrement d'action, s'il est permis de parler ainsi, seront toujours d'une observation indispensable; et, si la raison permet de violer les règles pour le tems et le lieu, on conviendra sans doute que c'est pour y gagner et non pour y perdre. Si, en s'astreignant à l'observation de ces règles, on se prive d'une ressource dramatique ou de la faculté de s'en servir d'une manière vraisemblable; si, au lieu de développer aux yeux du spectateur une situation d'un haut intérêt, une scène importante dans le sujet, l'auteur est obligé de s'en abstenir parce qu'elle se passe loin du lieu qu'il a choisi, ou parce qu'elle est séparée par un trop long espace de tems de l'action principale, tout homme de bon sens pardonnera l'innovation qui le transportera en idée dans un autre lieu ou à une autre époque, bien que le mérite puisse n'être pas si grand sous le rapport des difficultés moindres que l'auteur aura à vaincre. Pourquoi pardonnera-t-on cette innovation? parce qu'on y trouvera des émotions, un intérêt dont on eût été privé si l'auteur ne fût pas sorti de la règle. Si donc un poète tragique me transporte du palais de Bajazet au camp d'Amurat, quelle que soit la distance ( ce que Racine a cru ne pouvoir pas faire), je le pardonnerai ou je m'en féliciterai même, parce que je serai témoin des fureurs de ce prince qui m'émouveront bien autrement que le récit qui m'en serait fait. Mais si ce même poète, au lieu de tirer des beautés de la violation des règles, n'a d'autre dessein que de se mettre à l'aise; si, au lieu du naturel qu'il promet, en s'écartant du style noble convenable à la tragédie, il nous donne du trivial; si, au lieu de l'intérêt puissant, des effets dramatiques que nous consentons à aller chercher avec lui, à cent lieues de la scène primitive, il nous rend témoins d'événemens insignifians ou hors d'œuvre; si, au lieu de développer des situations fortes de plus en plus et étroitement liées à l'action, en nous promenant ainsi, il entrave et refroidit cette action par des détails surabondans et fastidieux, je le dis hautement, une telle œuvre est indigne des regards du public, et le premier Théâtre Français doit la repousser, malgré les éclairs de talent qui pourraient s'y trouver, dans la crainte, surtout, que cent imitateurs plus inhabiles les uns que les autres ne se précipitent dans la même voie, et ne nous infectent de misérables productions propres à perdre entièrement notre littérature.

Les sentimens que je viens de professer ne sont point d'à-propos et de circonstance ; ce sont les mêmes qui, dans un écrit périodique consacré aux Beaux-Arts (1), m'ont engagé à essayer de combattre la décadence déjà trop marquée dans laquelle nous tombons. En matière de goût, tout se tient ; et personne ne doit être surpris de voir les arts et la littérature suivre une marche commune. Le *beau* n'est plus ce qu'on veut ; le *facile*, avec toutes ses imperfections, est tout ce que l'on recherche, et, pour du naturel, on nous donne le laid et l'ignoble. Le public égaré admire ; et, pour comble de malheur, il ne s'élève pas une voix puissante pour s'opposer à l'envahissement du mauvais goût. Cependant, toutes ces folies finiront ; puisqu'on se dégoûte du beau, on se dégoûtera, il faut bien l'espérer, de ce qui ne l'est pas ; et, lorsque cette contre-révolution littéraire aura triomphé, peut-être alors se souviendra-t-on que j'ai protesté avec persévérance contre les honteuses victoires du romantisme, et que j'ai publié mes opinions au risque de n'être pas écouté, ou même de n'être pas lu, chez un peuple qui n'aime pas qu'on le contrarie dans ses goûts pour la mode ; c'est alors seulement que mes efforts auront leur récompense.

(1) Le *Journal des Artistes et des Amateurs.*

Paris , Imprimerie de C. FARCY, rue de la Tabletterie, n° 9.